Eine Reise durch die Romane

Dieter Köstens

Der
Erzähler

Die Figuren und Handlungen aus dem in diesem
Buch vorkommenden Romanen sind eine freie
Erzählung

Bücher sind tragbare Magie

Stephen King

Dieter Köstens
Mai 2025
E-Mail: dieter10095@gmail.com

© 2025 Dieter Köstens
Verlag: BoD · Books on Demand GmbH,
Überseering 33, 22297 Hamburg,
bod@bod.de
Druck: Libri Plureos GmbH,
Friedensallee 273, 22763 Hamburg
ISBN: 978-3-8192-7722-1

Es war Anfang der Woche, als Hannah zum ersten Mal von dem neuen Dorfbewohner hörte. Die alten Frauen auf dem Markt tuschelten über den „humpelnden Fremden", der in das verfallene Haus am Waldrand eingezogen war. Ihre Stimmen waren leise, aber Hannah konnte die Neugier und das Misstrauen in ihren Worten hören.

„Er sieht komisch aus", sagte eine Frau. „Man weiß nie, was solche Leute im Schilde führen," flüsterte eine andere.

Hannah, die schon immer eine Abneigung gegen Vorurteile hatte, freute sich auf die erste Begegnung am nächsten Tag. Freundlich stellte er sich vor: „Carl" Ein Mann mittleren Alters, sein Mantel war abgewetzt, der Hut saß schief und graue Strähnen fielen ihm ins Gesicht. Ein Stock begleitete ihn, die Folgen eines Unfalls, sagte er. Seine Augen blickten nachdenklich, als wüssten sie mehr, als er je sagen würde. Seine Stimme war kräftig und voller Leben.

In seiner linken Hand hielt er ein Buch. Hannah sah neugierig auf den Titel: Hemingway - 'The old Man and the Sea.'

„Oh", sagte sie, „Sie lesen die englische

Version!"

„Lass doch bitte das Sie weg", erwiderte er. „Mein Englisch ist nicht berühmt, aber ich komme mit Mühe durch."

„Ich habe es auch gelesen, aber auf Deutsch. Ich habe das Buch verschlungen.

Sie sprachen über die Geschichte, über den alten Fischer Santiago, seine Kämpfe, seine Einsamkeit. Gemeinsam fühlten sie sich zu dieser Figur hingezogen. Es war eine Verbindung über alle Vorurteile hinweg. Spontan schlug Hannah vor, sich abends dem kleinen Dorfcafé zu treffen. Der Ort war bescheiden, aber die Gespräche dort voller Wärme.

An den Wänden hingen Bilder aus längst vergangenen Zeiten, der Duft von frisch gebrühtem Kaffee erfüllte den Raum. „Hast du schon mal von einem Buch gehört, das 'Der Steppenwolf' heißt?", fragte Carl und nippte an seinem Kaffee. Hannah nickte begeistert. „Ja, von Hermann Hesse! Da geht es doch um innere Zerrissenheit und die Suche nach dem Sinn des Lebens, oder?"

Carl nickte „Genau. Ich habe es als Jugendlicher gelesen und es hat mir die

Augen geöffnet. Hesse beschreibt die Kämpfe eines Menschen, der zwischen seiner menschlichen und seiner tierischen Natur hin- und hergerissen ist. Das hat mich sehr berührt."

„Ich finde Hesse großartig", antwortete Hannah. 'Siddhartha' ist eines meiner Lieblingsbücher. Es ist so inspirierend, wie Siddhartha seinen eigenen Weg zur Erleuchtung sucht. Es erinnert mich daran, wie wichtig es ist, seinen eigenen Weg zu finden und nicht nur dem Weg der anderen zu folgen.

Carl nickte zustimmend. „Ja, Selbstfindung ist ein zentrales Thema in vielen großen Werken. Hast du Franz Kafkas 'Der Prozess' gelesen?"

Hannah schüttelt den Kopf. „Das ist so abstrakt und gleichzeitig erschreckend realistisch. Der Protagonist Josef K. wird grundlos angeklagt und das Gefühl der Ohnmacht, das er durchlebt, ist einfach überwältigend".

„Aber ich habe 'Die Verwandlung' gelesen", fügte Hannah hinzu. Die Vorstellung, als Ungeziefer aufzuwachen und von der Familie verstoßen zu werden, ist so schockierend und gleichzeitig ein Kom-

mentar zu gesellschaftlichen Normen.“
Carl sah sie überrascht an. „Du hast einen scharfen Verstand, Hannah. Ich bin froh, dass wir über solche Themen reden können. Viele Menschen sind so in ihren Vorurteilen gefangen, dass sie die Schönheit der Literatur nicht sehen.“
„Es ist wichtig, die Geschichten der anderen zu hören“, antwortete Hannah nachdenklich. „Wie in 'Die Bücherdiebin' von Markus Zusak. Das Buch handelt von einem Mädchen im Zweiten Weltkrieg, das Bücher stiehlt, um sich und andere zu trösten. Es zeigt, wie mächtig Worte selbst in den dunkelsten Zeiten sein können.“
Carl nickte zustimmend. „Ja, die Macht der Worte. Sie können verbinden und trennen. Sie können Leben verändern. Deshalb schätze ich diese Gespräche so sehr.“
Das Gespräch über Literatur vertiefte ihre Beziehung. Während sie über die verschiedenen Romane und ihre Themen sprachen, bemerkte Hannah, dass die Vorurteile der anderen Dorfbewohner gegenüber Carl einfach dahinschmolzen. Es war offensichtlich, dass Carl ein Mann

mit einem tiefen Wissen und einer bewegten Geschichte war und Hannah hatte das Gefühl, einen Freund gefunden zu haben.

Im Laufe des Abends füllte sich das kleine Dorfcafé mit Lachen und lebhaften Diskussionen und die beiden beschlossen mehr Zeit miteinander zu verbringen um ihre gemeinsame Liebe zur Literatur weiter zu erforschen. Sie merkten nicht, dass sie die letzten Besucher des Cafés waren. Carl begleitete Hannah nach Hause und die beiden verabredeten sich für den nächsten Tag im Café.

Das Thema für den nächsten Tag war schnell gefunden: '*Der Herr der Ringe*'.

„Ich finde die Welt von Mittelerde einfach unglaublich!", sagte Hannah und schaute in ihren Kaffee an.

„Die verschiedenen Kulturen, die Landschaften und die ganzen Figuren. Es ist wie ein riesiges Puzzle!"

Carl nickte begeistert. „Ja, und die Geschichte selbst ist so tiefgründig. Der Kampf zwischen Gut und Böse, Freundschaft, Opferbereitschaft. Wir können so viel daraus lernen."

Hannah lächelte. „Und die Charaktere sind so vielschichtig! Ich mag Aragorn, weil er so untypisch für einen Helden ist. Er kämpft nicht nur mit dem Schwert, sondern auch mit seinen inneren Dämonen.“

Carl überlegte kurz und zündete sich eine Zigarette an. „Wenn wir in dieser Geschichte eine Rolle spielen könnten, welche würdest du dir aussuchen?“

Hannah überlegte und ihr Gesicht strahlte vor Aufregung. „Oh, das ist eine schwierige Frage! Ich glaube, ich wäre gern eine Elfe. Sie sind so elegant und haben eine tiefe Verbindung zur Natur. Vielleicht könnte ich die Wälder von Lothlórien beschützen oder an der Schlacht in der Helmschlucht teilnehmen.“

Carl lächelt. „Das klingt fantastisch! Ich könnte mir gut vorstellen, ein Hobbit zu sein. Einfach in meinem gemütlichen Haus in Hobbingen zu leben, mit gutem Essen und Freunden um mich herum. Irgendwann würde ich aber auch gerne mal ein Abenteuer erleben, vielleicht mit Frodo und Sam auf dem Weg zum Schicksalsberg.“

„Das wäre aufregend! „Ich kann mir vorstellen, wie du durch die Wildnis ziehst und deine Geschichten erzählst!“ Carl lachte. „Genau! Und du wärst dabei, mit Pfeil und Bogen, bereit, uns vor den Orks zu beschützen!“

„Aber egal, welche Rolle wir spielen würden“, fügte Hannah nachdenklich hinzu, „ich glaube, das Wichtigste wäre, dass wir zusammenhalten und uns gegenseitig unterstützen. Denn ohne Freundschaft kann auch der stärkste Krieger nichts erreichen.“

Carl nickte. „Das stimmt. Es sind die Beziehungen, die die Geschichte wirklich ausmachen. Wenn wir zusammenhalten, können wir alles schaffen - auch die schwierigsten Herausforderungen.“

So redeten sie weiter, während es langsam dunkel wurde. In ihren Köpfen lebte die Welt von Mittelerde weiter und sie träumten von Abenteuern, die sie viel - leicht eines Tages erleben würden - in Romanen oder in ihrer eigenen Fantasie.

„Was würdest du sagen, wenn ich dir erzählen würde, dass ich einen Weg gefunden habe, in die Geschichten der Bücher einzudringen und hautnah dabei

zu sein, wenn auch nur für eine kurze Zeit?“
Hannah sah Carl überrascht an. „Was meinst du damit? In die Geschichte der Romane einsteigen? Das klingt verrückt!“
Carl schmunzelte geheimnisvoll. „Ich weiß, es klingt verrückt. Aber ich habe es versucht. Es war wie ein Traum, in den ich gefallen bin. Ich konnte die Figuren sehen, mit ihnen sprechen und die Welten erkunden, die sie bevölkern.“
Hannahs Neugier war geweckt. „Wie hast du das gemacht?“
Ich stöberte gerne in der alten Bibliothek meiner Großeltern und entdeckte eines Tages ein verstaubtes Manuskript des Erfinders Martin Falk. Dieser hatte eine Maschine entwickelt, die es Menschen ermöglichen sollte, in die Welt der Romane einzutauchen. Ich war sofort fasziniert und beschloss, das Konzept weiterzuentwickeln.
Tag für Tag experimentierte ich in meiner kleinen Werkstatt. Ich sammelte verschiedene Materialien: Schaltkreise und jede Menge Notizen. Nach Monaten des Tüftelns und Ausprobierens war es endlich soweit. Eines Abends hatte ich

meine Erfindung beendet.

Ich nannte meine Maschine 'Literarium'. Der Name war eine Kombination aus Literatur und Planetarium, denn ich hatte das Gefühl, dass man in die Geschichten eintauchen konnte, wie in die unendlichen Weiten des Universums. Als ich die Apparatur zum ersten Mal einschaltete, zitterte ich vor Aufregung. Mit einer einfachen Bewegung wählte ich den Roman, in den ich eintauchen wollte und drückte auf den Knopf. Ich befand mich in der Welt von Don Quijote. Ich wusste, dass ich in diesen Roman nicht eingreifen durfte, weil ich sonst die Geschichte verändert hätte. So wurde ich zum Zuschauer dieses und später anderer großer Romane."

Hannah hörte aufmerksam zu, konnte aber nicht glauben, was Carl ihr erzählte.

Carl erkannte ihre Zweifel und lud sie für den nächsten Tag zu einer gemeinsamen Reise zu einer Geschichte ihrer Wahl ein.

Am nächsten Tag trafen sie sich an der alten Bank am Dorfrand.

„Hast du dir eine Geschichte ausgesucht?"

Hannah nickte: "Ich möchte mich in eine

der Geschichten aus '*Der Herr der Ringe*' vertiefen, am liebsten in die Vorgeschichte, '*Der kleine Hobbit*' ".

Hannah war immer noch davon überzeugt, dass Carl sich einen Scherz mit ihr erlaubte. Aber sie ließ sich nichts anmerken und spielte mit.

Carl griff in seinen Leinenkorb, den er immer bei sich trug, und holte tatsächlich ein seltsames Gerät hervor. Er tippte ein paar Wörter ein und drückte dann mit einem schwungvollen Klick auf einen größeren Knopf.

Hannah hatte ihre Zweifel noch nicht abgelegt, sie spürte keine Veränderung der Umgebung und hatte auch nicht das Gefühl, dass etwas passieren würde.

So saßen Hannah und Carl auf der Bank und schauten in die weite, grüne Landschaft. Die sanften Hügel lagen vor ihnen, und das Zwitschern der Vögel erfüllte die Luft mit einer friedlichen Melodie. Hannah wollte gerade auf das vermeintliche Vergnügen reagieren, als sich am Horizont zwei Gestalten näherten.

„Schau mal!", rief Carl und deutete auf die beiden kleinen Figuren, die schnell näherkamen. Hannahs Mund stand weit offen, als sie erkannte, dass es sich eindeutig um zwei Hobbits handelte. Ihre Fäuste waren in die Hüften gestemmt, und sie trugen die traditionellen, bunten Kleider, die man nur aus Geschichten kannte. Als die Hobbits auf ihrer Höhe waren, sahen sie Hannah und Carl an und nickten ihnen freundlich zu.

„Du hast mir nicht geglaubt, Hannah, nicht wahr?", grinste Carl und wies auf die beiden Hobbits, die nun mit einem fröhlichen „Alles wohlauf?" an ihnen vorbeigingen.

Hannah schüttelte den Kopf, unfähig zu sprechen. Ihr Blick folgte den beiden Hobbits, die sich bereits in die Richtung von Hobbingen begaben. „Sind wir wirklich im Roman vom kleinen Hobbit?", murmelte sie ungläubig.

Carl nickte begeistert. „Wir sollten ihnen folgen und uns Hobbingen ansehen."

Hannah sprang auf, die Aufregung pulsierte in ihren Adern. Sie zeigte mit dem Finger in die Richtung, in die die beiden Hobbits gegangen waren. „Folgen wir ihnen!"

Vorsichtig hielten sie Abstand, um nicht

bedrohlich zu wirken und um sich auf keinen Fall in die Geschichte einzumischen. Die beiden Freunde schlichen hinter den Hobbits her, über die geschwungenen Wiesen und vorbei an blühenden Blumen. Bald erreichten sie die ersten Hobbitlöcher, die aus der Erde ragten und Hannah hielt Ausschau nach Beutelsend, der Heimat von Bilbo und Frodo.

Plötzlich blieben beide stehen. Vor ihnen ragte das vertraute, runde Haus mit der grünen Tür empor. Draußen saß Bilbo, ein breites Grinsen im Gesicht, während er einen Brief in der Hand hielt. Der Wind spielte sanft mit seinen grauen Haaren. Er bemerkte Hannah und Carl nicht, und so blieben beide stehen und beobachten ihn gespannt.

„Das muss der Brief von Gandalf sein, den Bilbo da in der Hand hält", flüsterte Hannah aufgeregt.

Carl nickte, seine Augen leuchteten vor Vorfreude. „Jetzt geht die Geschichte los!"

Gerade als Bilbo den Kopf hob und einen Blick über die Wiese warf, ertönte ein lautes Geräusch aus dem Inneren des

Hauses. Ein weiterer Hobbit, mit einer ungeschickten Haltung und einer überdimensionalen Pfeife, stürmte nach draußen. „Bilbo! Wo hast du den ganzen Tee gelassen? Die Gäste sind gleich da!"
Bilbo seufzte und rollte mit den Augen, während er den Brief in seine Tasche steckte. „Jetzt nicht, Merry! Ich habe Wichtigeres zu tun!"
In diesem Moment ergriff Hannah die Initiative und zog Carl zu sich. „Komm, wir müssen zurück, bevor wir noch auffallen!"
Sie drehten sich hastig um und rannten zurück zur alten Bank. Das Herz schlug ihnen bis zum Hals, während sie die Hügel hinunterliefen. Kaum hatten sie sich gesetzt, war ihr aufregender Besuch bei Bilbo Beutlin auch schon wieder vorbei.
Doch der Zauber des Auenlandes lag immer noch in der Luft. Hannah und Carl schauten sich an und wussten, dass dies nicht ihr letztes Abenteuer gewesen sein würde. „Was, wenn wir noch einmal zurückkehren?", schlug Carl vor, als sie den Sonnenuntergang über den Hügeln betrachteten.

„Das sollten wir unbedingt tun!",
antwortete Hannah mit einem geheimnisvollen Lächeln. „Vielleicht gibt es noch
viele Geschichten zu entdecken." Und so
schmiedeten sie Pläne für ihr nächsten
Abenteuer, während die Sterne am
Himmel zu funkeln begannen.

Hannah sah Carl an, es war das schönste
Geschenk, das ihr je jemand gemacht
hatte. Sie schämte sich für ihre Zweifel an
Carl's Erfindung und nahm seine Hand.
„Danke!", strahlte sie.

„Wir können uns morgen wieder hier
treffen und ein anderes Buch kennen
lernen. Du darfst dir einen Roman
aussuchen", schlug Carl vor. Hannahs
Augen, die sowieso schon leuchteten,
strahlten jetzt noch mehr.

Am nächsten Tag saß Hannah schon
Stunden vorher auf der Bank, so
aufgeregt war sie. „Ich bin gespannt,
wohin die Reise heute geht!"

„Was hältst du von *Robinson Crusoe*,",
schlug Hannah vor?

„Das ist ein sehr altes Werk von Daniel
Defoe, das Anfang 1700 erschienen ist.
Ich glaube nicht, dass die Geschichte für
unsere Reise geeignet ist, weil Robinson

allein auf der Insel lebt. Wir würden sicher nicht unentdeckt bleiben und die Geschichte verfälschen. Übrigens gibt es ein Theaterstück von Friedrich Forster mit dem Titel 'Robinson soll nicht sterben', das wir damals in meiner Klasse aufgeführt haben. Es handelt von Daniel Defoes finanziellen Schwierigkeiten und wie er von Kindern unterstützt wurde, die seinen Roman mochten. Das Stück zeigt, wie wichtig Freundschaft und Literatur sind", sagte Carl.
„Wie wäre es denn mit: 'Die Abenteuer des Huckleberry Finn'?"
„Da sind wir bei Mark Twain, da geht es um Freundschaft, Freiheit und Sklaverei. Ich bin dabei!"
Carl tippte noch ein paar Worte in sein Gerät und nun warteten beide darauf, dass die Geschichte begann.
Sie konnten das Wasser des Mississippi riechen und dann erkannten sie in der Ferne Tom und Huck.
Sie sahen Tom, der mit seinem so verschmitzten Lächeln und seinen schlauen Ideen immer neue Streiche ausheckte. Zusammen mit Huck, dem freiheitsliebenden Jungen, der nie ganz in die

Normen der Gesellschaft passte, planten sie ihr nächstes großes Abenteuer.

Sie schlichen sich näher, um die beiden Freunde nicht aus den Augen zu verlie -
ren.

„Hörst du das?", fragte Carl, während er sich hinter einem Baum versteckte. „Sie sprechen über einen versteckten Schatz!"

„Was? Wirklich?", flüsterte Hannah aufgeregt. Sie schob sich näher an den Baumstamm, um besser hören zu können. Tom und Huck saßen inzwischen am Ufer des Mississippi, das Wasser glitzerte im letzten Licht des Tages.

„Huck, wir müssen zum alten Baumhaus gehen!", rief Tom in seiner typischen Begeisterung. „Dort haben wir die besten Chancen, den Schatz zu finden!"

„Aber Tom, was ist, wenn wir die alten Piraten treffen?", fragte Huck mit einem hellen Funkeln in seinen Augen. „Ich habe gehört, dass sie dort versteckt sind!"

„Das macht es nur spannender, Huck!", lachte Tom. „Stell dir vor, wir finden Gold und Silber!"

„Oder vielleicht sogar eine Karte!", fügte Huck hinzu, während er seinen Hut zurechtrückte. „Eine Karte zu einem geheimen Ort!“

Hannah und Carl tauschten begeisterte Blicke aus. „Es ist, als wären wir Teil ihrer Geschichte“, flüsterte Hannah. „Wir sollten sie begleiten!“

Doch sie blieben an ihrem Platz und beobachteten weiter. Tom und Huck sprangen in das kleine Boot, das sie an den Ufern des Mississippi gefunden hatten. Das Holz knarrte, als sie sich hineinsetzten, und das Wasser plätscherte über die Ränder.

„Los, Huck! Rudere!“, rief Tom, während er mit einem Stock auf das Wasser schlug und zu lachen begann. Huck tat sein Bestes, um das Boot zu steuern, doch es schaukelte gefährlich.

„Achtung, Tom!“, schrie Huck, als das Boot kippte. In nächsten Augenblick befanden sich beide Jungen im Wasser wieder, das kühle Nass umhüllte sie.

Hannah konnte nicht anders, als zu kichern. „Das war ja ein bisschen ungeschickt!“

„Ja, aber genauso macht das Leben Spaß!“, sagte Carl und beobachtete, wie die beiden wieder aus dem Wasser kletterten, prustend und lachend.

„Das ist das beste Abenteuer bisher!", rief Tom, während er Huck auf die Schulter klopfte. „Wir müssen einfach weitersuchen!"

„Vielleicht finden wir den Schatz morgen früh", sagte Huck, während er sich das Wasser aus den Haaren schüttelte. „Aber jetzt sollten wir ein Feuer machen und etwas essen."

Sie sammelten trockenes Holz und bald knisterte ein kleines Feuer, dessen Licht die Gesichter der Jungen erhellte. Die Schatten tanzten um sie herum, während sie Geschichten von Piraten und geheimen Schätzen erzählten.

„Ich habe gehört, dass es diesen Schatz gibt, der von einem alten Piraten versteckt wurde. Niemand hat ihn je gefunden!", erzählte Tom mit glänzenden Augen.

„Was, wenn wir die ersten sind, die ihn finden?", fragte Huck und seine Stimme zitterte vor Aufregung. „Das wäre unglaublich!"

„Ja, und wir könnten die besten Piraten der Welt sein!", rief Tom und sprang auf. „Stell dir vor, wir segeln auf einem großen Schiff!"

Hannah und Carl betrachteten die beiden Jungen, die in ihrer eigenen Welt voller Träume und Abenteuer lebten. „Es ist so schön zu sehen, wie sie alles um sich herum vergessen", sagte Hannah sanft. „Es ist, als ob sie in einer anderen Zeit leben."

„Das stimmt", antwortete Carl. „Sie sind unbeschwert und voller Hoffnung. Ich wünschte, wir könnten diesen Moment für immer festhalten."

Als das Feuer langsam erlosch und die Nacht sich über den Mississippi legte, hörten Hannah und Carl das sanfte Flüstern der Strömung und das zufriedene Lachen von Tom und Huck. Es war ein Moment, den sie nie vergessen würden – die Unschuld der Kindheit, die Entdeckung des Lebens und die Magie der Freundschaft.

„Lass uns zurückgehen", sagte Carl schließlich. „Aber ich werde immer an diese Begegnung denken."

„Ich auch", antwortete Hannah mit einem Lächeln. „Lass uns in unseren Herzen immer ein bisschen wie Tom und Huck sein."

Hannah und Carl blieben als unsichtbare Zeugen der Abenteuer von Tom Sawyer und Huck Finn zurück und machten sich langsam auf den Weg zu ihrer alten Bank. Ein längeres Schweigen folgte, bis Hannah schließlich den Kopf zu Carl drehte und sagte: „Ich würde morgen gerne in eine Szene aus dem Buch 'Das Lied von Eis und Feuer': 'Die Herren von Winterfell' eintauchen'."

Zuerst schwieg Carl und Hannah hatte das Gefühl, den falschen Moment für ihren Wunsch gewählt zu haben. Doch dann sah Carl sie an und antwortete: „Ich habe nur das erste Buch gelesen, aber ich bin gespannt, welche Szene du uns morgen zeigen wirst." Dann wurde es wieder still, und fast im selben Moment standen beide auf und gingen nach Hause.

Am nächsten Tag hörte Carl gespannt zu, welche Szene Hannah ausgewählt hatte.

„Ich habe mich für die Szene entschieden, in der Ned Stark hingerichtet wird. Ned Stark ist für mich eine der tragischsten Figuren in 'Das Lied von Eis und Feuer'. Er verkörpert die Werte und Traditionen des Nordens, wo Ehre und

Loyalität an erster Stelle stehen. Als strenger, aber gerechter Herrscher hat er stets das Wohl seiner Untertanen im Blick. Als Robert Baratheon, sein enger Freund und König der Sieben Königslande, ihn zur 'Hand des Königs' ernennt, zieht Ned nach Königsmund. Dort versucht er, trotz Korruption und Intrigen am Hof, seine Prinzipien aufrechtzuerhalten. Doch er fällt den politischen Machenschaften und Intrigen zum Opfer. Sein Tod in Königsmund stellt einen Wendepunkt in der Geschichte dar und zeigt die Grausamkeit und Unberechenbarkeit des Könighau - ses"

Carl griff wieder in seinen Korb und tippte erneut einen Text in das Gerät. Dann lehnten sich beide auf der Bank zurück und warteten ab, was passieren würde. Nach kurzer Zeit kamen einige Leute an ihnen vorbei, die eindeutig aus der Geschichte stammten. Die Atmosphäre war angespannt und die Luft war erfüllt von Gemurmel und Flüstern. In einigem Abstand folgten die beiden der Gruppe.

Als sie den Burghof der Roten Festung in

Königsmund erreichten, hatte sich dort bereits eine große Menschenmenge versammelt, um Zeuge des schrecklichen Ereignisses zu werden. Die Sonne brannte heiß auf die Köpfe der Zuschauer, und der Geruch von Angst und Erwartung lag in der Luft. König Joffrey hatte trotz seines Versprechens, Ned Stark zu verschonen, auf seiner Hinrichtung bestanden. Hannah und Carl standen mitten in der Menge, als Hannah Carl plötzlich sanft anstupste: „Da drüben!" flüsterte sie und deutete mit dem Finger unmissverständlich in Richtung auf Arya, die sich als Junge verkleidet in der Menge befand. Der Anblick des kleinen Mädchens, das in dieser schrecklichen Situation gefangen war, schnürte Carl das Herz zusammen. Gerade als die beiden zu Arya schauten, sahen sie, wie ein Mann sie aus der Menge zog. „Das ist Yoren von der Nachtwache, er will verhindern, dass Arya die Hinrichtung ihres Vaters mit ansehen muss."
Die Menge wurde unruhig, als die Wachen den Weg für Ned freimachten. Kurz darauf wurde er zur Hinrichtungs-

stätte geführt. Er kniete nieder und legte seinen Kopf auf den Richtblock. In einem tragischen Moment der Verwirrung und des Flehens um Gnade wurde er von Ilyn Paynes Schwert enthauptet. Der Schnitt war so schnell und brutal, dass viele in der Menge ihren Atem anhielten. Dann befahl Joffrey, Neds Kopf auf einen Pfeiler zu spießen, um seine Macht zu demonstrieren. Es war ein Akt der Grausamkeit, der die Menschen in der Menge schockierte und erbitterte. Neben ihm erkannten die beiden nun auch Sandor Clegane, der damals noch zur königlichen Leibwache gehörte. Besser bekannt als 'Der Hund', stand er mit einem ausdruckslosen Gesicht in der Nähe des Königs, während das Blut von Neds Hals auf den Boden tropfte.

Die Menge löste sich langsam auf, und auch Hannah und Carl machten sich auf den Weg zu ihrer Bank. Die Schreie und das Weinen der Menschen hallten in ihren Köpfen nach. „Wie konnte es so weit kommen?" fragte Hannah mit zitternder Stimme, während sie sich auf die Bank setzte. „Ned Stark war ein guter

Mann. Er hat alles für seine Familie getan."

Carl starrte in den leeren Raum vor sich. „In dieser Welt ist Gerechtigkeit oft ein Fremdwort. Die Schwachen werden bestraft, während die Mächtigen die Fäden ziehen." Er spürte, wie die Dunkelheit der Geschicht ihn umhüllte und er war sich bewusst, dass sie gerade Zeugen eines Wendepunkts in der Erzählung geworden waren.

Carl schüttelte den Kopf. „In dieser Geschichte gibt es keine einfachen Antworten, Hannah. Aber wir können nicht aufgeben. Es gibt immer noch Menschen, die für das Gute kämpfen, auch wenn es oft verloren scheint."

Mit einem letzten Blick in Gedanken zurück an den Ort des Geschehens und an den Kopf von Ned Stark, der an den Pfeiler genagelt war, machten sie sich auf den Weg zurück in ihr Dorf. In ihren Herzen brannte die Flamme des Widerstands – ein unbändiger Wunsch, die Welt zu verändern, auch wenn die Schlacht gerade erst begonnen hatte.

Der Tag hatte ihnen viel abverlangt und sie waren froh, einen Moment der Ruhe gefunden zu haben. Auf den Weg ins Dorf, dachte Hannah nach und bedauerte die zeitliche Begrenzung der Reisen, die sie in den Romanen unternahmen. Es war immer ein kurzer, intensiver Ausflug in fremde Welten, der viel zu schnell endete.

„Sag mal, Carl", begann sie nach einer kurzen Pause, „weißt du schon, wohin unsere Reise am nächsten Tag geht?"
Carl überlegte kurz und antwortete dann lächelnd: „Was hältst du von Lübeck?"
Hannahs Augen leuchteten auf: „Das klingt toll! „Ich kann es kaum erwarten, die Stadt zu erkunden. „Verrätst du mir, aus welchem Roman das ist?"
„Hast du jemals etwas von Thomas Mann gelesen?", fragte er.
Hannah errötete leicht und nach einer kurzen Pause flüsterte sie: „Leider gar nichts".
Carl lächelte und grifft in seine rechte Tasche und zog das Buch *'Die Buddenbrooks'* von Thomas Mann hervor. Das ist ein Klassiker der deutschen Literatur, der die Geschichte einer wohlhabenden Lübecker Kaufmannsfamilie über mehrere Generationen erzählt. Es

ist ein tiefgründiger Roman, der sich mit Themen wie Tradition, Zerfall und dem Einfluss gesellschaftlicher Veränderungen auf das Schicksal des Einzelnen auseinandersetzt.

Ich glaube, du wirst die Figuren und ihre Konflikte faszinierend finden. Es gibt viel zu entdecken, vor allem, wenn man die Verbindungen zwischen den Figuren und ihre Lebensentscheidungen betrachtet." Sie nahm das Buch entgegen und fühlte das Gewicht der Worte und der Geschichte, die sich darin verbarg. „Ich werde mein Bestes geben, um die Nacht mit diesem Roman zu verbringen."

Carl nickte zustimmend. „Ich bin mir sicher, dass du das schaffst. Lass dich einfach von der Sprache und der Erzählweise mitreißen. Es ist nicht nur ein Buch, sondern eine Reise in eine andere Zeit."

Mit einem letzten Blick auf den Buchumschlag und einem entschlossenen Lächeln machte sie sich auf den Weg nach Hause. Die Nacht würde lang werden, aber sie fühlte sich bereit, in die Welt der Buddenbrooks einzutauchen und die Geheimnisse zu entdecken, die sie und Carl an einem besonderen Ort zusammenführen könnten.

Am nächsten Morgen, Carl saß schon auf der Bank und wartete. Plötzlich tauchte Hannah auf, etwas gehetzt und mit einem Buch in der Hand. „Entschuldige die Verspätung, Carl! Ich habe gerade die letzten Seiten von 'Die Buddenbrooks' gelesen!"

„Kein Problem, ich kann verstehen, dass man bei so einem Meisterwerk nicht aufhören kann. An welche Stelle des Romans wollen wir reisen?"

Hannah klappte das Buch zu und sah ihn mit funkelnden Augen an. „Ich will die Stadt sehen! Und dann ins Parlament gehen und eine Rede von Thomas Buddenbrook als Senator hören. Er ist für mich die beste Figur in dem Roman, neben Christian, seinem exzentrischen Bruder."

„Das klingt toll", antwortete Carl und tippte ein paar Worte in sein Gerät. Das Warten begann.

Nach einigen Minuten war plötzlich Hufgetrappel auf dem Kopfsteinpflaster zu hören und eine dunkle Kutsche fuhr vor. Carl stand auf und winkte dem

Fuhrmann mit seinem Stock zu.

Das Fuhrwerk hielt an und der Kutscher sah sie fragend an. „Könnt ihr uns mitnehmen?“ fragte Carl höflich.

„Wüllt ji na Lübeck?“, fragte der Kutscher auf Plattdeutsch.

Hannah sah Carl verwirrt an. „Was hat er gesagt?“

Carl nickte dem Kutscher zu und erklärte Hannah:

„Er hat auf Plattdeutsch gefragt, ob wir nach Lübeck wollen“.

„Ah, verstehe!“ sagte Hannah. Sollen wir?“ Carl nickte wieder.

„Denn stiggt man in,“ antwortete der Kutscher.

„Er kann uns mitnehmen,“ sagte Carl und beide stiegen in die Kutsche ein und mit einem leichten Ruck setzte sich die Kutsche in Bewegung.

Hannahs Aufregung war spürbar, als sie aus dem Fenster schaute.

In Lübeck angekommen, fuhr der Kutscher durch die Straßen der Altstadt, die von Kopfsteinpflaster und dem leisen Hufgetrappel der Pferde geprägt waren.

Lübecks Altstadt war ein wahres Kleinod, in dem die Zeit stehen geblieben zu sein schien. Carl und Hannah bewunderten das imposante Holstentor, das majesqtätisch am Eingang zur Altstadt thronte. Der Kutscher hielt an, die beiden bedankten sich und stiegen aus. Sie setzten ihre Reise durch die verwinkelten Gassen fort, bestaunten die prächtigen Patrizierhäuser, die mit ihren roten Backsteinfassaden und kunstvollen Verzierungen Geschichten von Wohlstand und Handel erzählten. Stolz ragte die Marienkirche in den Himmel und lud zu einem Moment der Besinnung ein.

Das geschäftige Treiben in den kleinen Werkstätten und Manufakturen faszinierten Carl und Hannah. Hier arbeiteten Schmiede, Bäcker und Töpfer mit Hingabe an ihrem Handwerk. Sie beobachteten, wie ein Bäcker mit seinen geschickten Händen frische Brötchen aus dem Ofen holte.

Ein Besuch des Lübecker Hafens durfte nicht fehlen.

Die beiden sahen die prächtigen Schiffe, die aus fernen Ländern kamen und Waren aus aller Welt mitbrachten.

Sie machten sich auf den Weg zum Rathaus, dem Tagungsort des Parlaments.

Das historische Gebäude, das bis heute erhalten ist, beeindruckte sie durch seine Architektur. Der Sitzungssaal war mit schweren Vorhängen, dunklen Holzmöbeln und Porträts bedeutender Lübekker Bürger ausgestattet. Der Innenraum strahlte eine Atmosphäre von Würde und Tradition aus, die der Bedeutung des Parlaments und der hanseatischen Gesellschaft gerecht wurde. Die Senatoren trugen feierliche Amtskleidung. Hannah und Carl nahmen auf den Zuschauerrängen Platz, die ebenfalls gut besucht waren. Kaum hatten sie sich gesetzt, kündigte einer der Ratsherren den nächsten Redner an – Senator Thomas Buddenbrook.

„Genau im richtigen Moment," flüsterte Hannah.

„Meine Herren,

Wir haben uns hier versammelt, in einem entscheidenden Moment, der nicht nur für unsere Stadt, sondern auch für die Zukunft unserer Familien von großer Bedeutung ist. Die Zeiten, in denen wir leben, sind geprägt von Umbrüchen und Veränderungen, die uns dazu zwingen, über kommende Vorhaben und neue Wege zu reden.
Es ist verlockend, sich in der Behaglichkeit des Gewohnten einzurichten und an den Traditionen festzuhalten, die uns über Generationen hinweg geleitet haben. Doch ich sage Ihnen, meine Herren, wir dürfen unsdem Lauf der Zeit nicht verschließen.
Die Welt um uns herum verändert sich, und wenn wir uns nicht anpassen, werden wir unweigerlich ins Hintertreffen geraten.
Die entscheidende Frage, die uns heute beschäftigt, ist nicht, ob wir uns verändern sollen, sondern wie. Wie können wir den Fortschritt annehmen, ohne unsere Werte und Überzeugungen zu verraten? Wie können wir den Wohlstand unserer

Stadt mehren, ohne die Tugenden zu vernachlässigen, die uns zu dem gemacht haben, was wir sind?

Ich glaube, meine Herren, die Antwort liegt in klugem und besonnenem Handeln. Wir müssen die Chancen erkennen, die sich uns bieten und sie nutzen, um unsere Stadt voranzubrin-bringen.Gleichzeitig müssen wir darauf achten, die Errungenschaften unserer Vorfahren zu bewahren und sie an künftige Genera-tionen weiterzugeben.

Lassen Sie uns gemeinsam daran arbeiten, Lübeck zu einer Stadt zu machen, die reich an Tradition und offen für Neues ist. Eine Stadt, in der unsere Familien in Wohlstand und Ansehen leben können, ohne ihre Identität zu verlieren.

Ich danke Ihnen!“

„Hannah, wir müssen los“, sagte Carl
leise, fast wie ein vertrautes Flüstern, das
die Stille der Umgebung durchbrach.
„Unsere Zeit in diesem Roman ist um.“
Hannah drehte sich zu ihm, in ihren
Augen lag eine Mischung aus Bedauern
und Verständnis. „Ich weiß, aber ich wäre
gerne noch etwas länger hiergeblieben.
Es kommt mir vor, als wären wir gerade
erst angekommen.“
Carl nickte: „Ja, das Gefühl kenne ich.
Aber es warten neue Geschichten auf
uns. Lass uns morgen zum nächsten
Roman gehen. Du bist übrigens dran, ihn
auszusuchen.“
Mit einem letzten Blick auf ihre geliebte
Umgebung erhob sich Hannah langsam.
Sie spürte den Drang nach Veränderung,
auch wenn ihr das Herz ein wenig schwer
wurde. „Okay, gehen wir“, sagte sie
schließlich und lächelte schwach. „Aber
die Erinnerungen an diese Zeit hier neh-
me ich mit.“
Gemeinsam gingen sie den langen Weg
zu ihrer Bank, dem vertrauten Ort.
Am nächsten Tag trafen sie sich auf dem
Weg zur Bank.
Hannah schlenderte fröhlich die Straße

entlang und hüpfte dabei leichtfüßig von einem Fuß auf den anderen. Carl hatte Mühe, mit ihr Schritt zu halten.

„Hannah, warte auf mich! Du gehst viel zu schnell!" rief Carl und versuchte, mit ihren lebhaften Schritten zu folgen. „Komm schon, Carl! Die Sonne scheint und ich habe gute Laune und außerdem müssen wir schnell zur Bank, damit wir genug Zeit für unser Abenteuer haben!" antwortete sie mit einem strahlenden Lächeln.

Als er an der Bank ankam, ließ sich Carl erschöpft darauf fallen und atmete tief durch. „Puh, das war ein langer Weg. Ich bin nicht so fit wie du."

Hannah kramte in ihrer Tasche und zog ein Buch hervor. „Guck mal, Carl! Das will ich heute sehen!" Sie hielt das Buch hoch, als wäre es ein Schatz .

„Oh, das ist '*Per Anhalter durch die Galaxis*' von Douglas Adams! Ein tolles Buch, wirklich. Aber sag mal, glaubst du, dass wir wirklich dorthin reisen können?

Wir müssten ja die Erde verlassen!" Carl runzelte die Stirn und schaute skeptisch, zuckte mit den Schultern und lächelte.

„Das hoffe ich doch!" sagte Hannah.

„Hmm…Wohin möchtest du denn in dem Roman reisen?", fragte Carl neugierig.
„Ich möchte in das Restaurant am Ende des Universums!" erklärte Hannah be - geistert. „Dort soll es das beste Essen im ganzen Universum geben!"
Carl zögerte einen Moment, dann gab er die Daten in das Gerät ein.
„Okay, mal sehen, was passiert."
Wenig später ertönte ein lautes Zischen, und ein grelles Licht hüllte sie ein. Carl blinzelte und als er wieder klarsehen konnte, stand ein glänzendes Raumschiff direkt vor ihnen.
„Oh Wunder!", rief Carl aus und seine Augen weiteten sich. „Ist das die 'Herz aus Gold' ?"
Hannah grinste über das ganze Gesicht. „Ja, das ist sie! Bereit für unser Abenteuer, Carl?"
Carl stand auf, seine Skepsis wich und die Aufregung überkam ihn. „Ich kann es kaum erwarten! Los geht's!"
Gemeinsam betraten sie das schillernde Raumschiff, das durch die Wirren von Raum und Zeit flog. Hannah und Carl saßen zusammen mit Arthur, Ford, Zaphod und Trillian darin. Die Wände

des Raumschiffs zeigten sich in einem wunderschönen Farbenspiel, während sie sich dem Restaurant Milliways näherten. Die Türen öffneten sich mit einem dramatischen Zischen und sie betraten das Restaurant Milliways. Das Innere war eine Mischung aus futuristischen Elementen und absurden Dekorationen. Über ihnen schwebte eine riesige, leuchtende Uhr, die rückwärts tickte.

„Wow, schaut euch das an, es ist unglaublich," staunte Hannah!

Carl schaute sich um: „Ich kann kaum glauben, dass wir hier sind. Das ist wie ein Traum – oder ein Albtraum, je nachdem, wie man es sieht."

Die beiden gingen weiter und die Aussicht auf den Untergang des Universums entfaltete sich vor ihnen. Ein spektakuläres Schauspiel aus Farben und Licht, während Sterne explodierten und Galaxien in sich zusammenfielen.

„Was meinst du? Sollen wir mal etwas probieren, was wir noch nie gegessen haben?" schlug Hannah vor.

„Warum nicht? Wir sind doch hier, um das Absurde zu erleben."

Ein Roboter kam und fragte nach den

Bestellungen.

Beide schauten auf die Speisekarte: „Was ist das? Galaktische Plankton-Pasta,“ überlegte Hannah.

Ein Gast am Tisch nickte: „Oh, das ist ein Klassiker! Aber ich würde die Kollabierenden kosmischen Kekse empfehlen. Die sind wirklich... explosiv! Das ist das Beste, was ich je gegessen habe!“

Fasziniert beobachten Hannah und Carl die bizarre Szenerie, während das Essen endlich serviert wurde. Die Teller dampfen und leuchteten in allen Farben des Regenbogens.

„Ich kann nicht glauben, dass wir das wirklich essen werden,“ grinste Hannah. „Na dann, auf das Abenteuer!“

Sie probierten die ersten Bissen, während das Spektakel des Universums weiter vor ihren Augen tobte. Die Atmosphäre war voller Lachen, Chaos und einer tiefen, absurden Philosophie und ganz wie im *Per Anhalter durch die Galaxis'*.

Der Gast zwinkerte ihnen zu: „Vergesst nicht, das Leben ist ein großes, seltsames Abenteuer und wir sind hier, um es zu genießen!“

Während sie aßen, lauschten sie den Gesprächen um sie herum.

Es war eine Mischung aus philosophischen Debatten und absurden Anekdoten.

An der Theke der heruntergekommenen Bar am Rande des Universums saßen Arthur Dent und nippte an einem Pan Galactic Gargle Blaster und starrte ins Leere. Ford Prefect lehnte neben ihm, kaute auf einem Space Peanut und sah aus, als würde er jeden Moment in ein Nickerchen fallen.

„Ich verstehe es einfach nicht. All diese Reisen, all diese Abenteuer... und am Ende ist die Antwort auf die ultimative Frage des Lebens, des Universums und allem einfach nur... 42," fragte Dent.

Ford gähnte: „Was gibt's daran nicht zu verstehen?"

„Es ergibt keinen Sinn! Was bedeutet es? Warum 42?"

Ford zuckte mit den Schultern: „Tja, das ist die Antwort."

„Ja, aber die Antwort auf was?"

Ford nahm einen weiteren Space Peanut: „Auf die ultimative Frage des Lebens, des Universums und allem."

„Ja, das weiß ich, aber was ist die Frage?"

„Hast du sie etwa vergessen?"

„Ich habe sie nie gekannt!"

Ford seufzte: „Das ist das Problem mit euch Menschen ist, ihr seid so damit beschäftigt, Antworten zu finden, dass ihr vergesst, die richtigen Fragen zu stellen."

„Also, was ist die Frage?"

Ford lehnte sich vor und flüsterte: „Das ist das Geheimnis Arthur, das ist der ganze Witz. Wenn du die Frage kennst, dann weißt du auch, warum die Antwort 42 ist."

„Aber wie finde ich die Frage heraus?"

„Das ist das Abenteuer, mein Freund. Das ist die Reise."

„Aber das ist doch keine Antwort!"

„Wer sagt denn, dass du Antworten brauchst? Manchmal ist es wichtiger, die richtigen Fragen zu stellen."

Arthur starrte in sein Getränk: „Aber 42... es ist so... willkürlich."

Ford lachte: „Willkürlich? Mein lieber Arthur, das Universum ist willkürlich. Das Leben ist willkürlich. Alles ist willkürlich und 42 ist die perfekte Zahl, um das zu verdeutlichen."

„Perfekt?

„Perfekt unperfekt. Perfekt bedeutungs-
los. Perfekt... 42;" fügte Ford hinzu.

„Ich glaube, ich werde das nie verstehen."
Ford klopfte ihm auf die Schulter:
„Keine Sorge, Arthur. Niemand versteht
es. Und genau das ist der Sinn der
Sache."

„Du machst Witze, oder?"

„Vielleicht, vielleicht auch nicht. Aber
solange du dich fragst, solange du suchst,
solange du lebst... dann ist 42 die perfekte
Antwort."

„Du bist unmöglich, Ford."

Hannah und Carl lauschten amüsiert dem
Gespräch der beiden, dann wurde es Zeit
für den Aufbruch. Draußen wartete
bereits die „Herz aus Gold".

Beide drehten sich noch einmal um,
bevor sie die Rückreise antraten. Die
beiden Freunde hatten viel erlebt und das
Lachen von Ford hallte noch in ihren
Ohren.

Sie stiegen in die „Herz aus Gold" und
machten sich bereit für die Rückfahrt.

Die Reise war anstrengend, weshalb sie
beschlossen, den folgenden Tag zu
pausieren. Umso gespannter war Hannah,

als sie sich am übernächsten Tag wieder-
trafen. „Nun sag schon, welchen Roman
hast du dir ausgesucht, Carl?" Langsam
zog Carl den Roman aus seinem Korb,
um die Spannung zu steigern. Hannah
konnte es kaum erwarten und riss ihm
das Buch aus der Hand.

„Jules Verne … 'Die Reise zum Mittelpunkt
der Erde'!" rief sie begeistert und las den
Titel laut vor.

Carl nickte zustimmend: „Ich dachte, das
wäre ein schöner Kontrast, Makrokosmos
gegen Mikrokosmos!"

Hannah war begeistert, und Carl gab die
Daten in den Literarium ein. Es dauerte
nicht lange, bis Carl in der Ferne
Professor Lidenbrock, seinen Neffen
Axel und ihren isländischen Führer Hans
erkannte. „Es geht nach Island, Hannah!"
Der Einstieg in die unterirdische Welt
erfolgte durch den Krater des Vulkans
Sneffels, der sich auf einer isländischen
Halbinsel befand. Die drei folgten den
Spuren des isländischen Alchemisten

Arne Saknus-semm, der diesen Weg
zuvor beschritten haben soll."

Am Vulkan angekommen, warteten sie,
bis Professor Lidenbrock und seine

Begleiter im Vulkan verschwunden waren. Sie standen am Rand des mächtigen isländischen Vulkans. Der Wind wehte kühl und trug den Geruch von Schwefel in die Luft. Vor ihnen öffnete sich der schwarze Schlund des Vulkans ins Ungewisse.

"Bist du sicher, dass du das willst, Hannah? Es könnte gefährlich sein."

"Ja, ich bin bereit. Stell dir vor, was wir entdecken könnten! Prähistorische Lebewesen, unterirdische Ozeane ... das wird unser Leben verändern!"

Mit einem letzten Blick zurück auf die Welt, die sie verlassen würden, stiegen sie mutig in den Vulkan hinab. Dunkelheit umgab sie, und das Echo ihrer Schritte hallte wider.

Nach einem mühsamen Abstieg erreichten sie eine weitläufige unter-irdische Kammer. Leuchtende Mineralien in allen Farben glitzerten um sie herum, während riesige pilzartige Gebilde aus dem Boden wuchsen.

"Sieh dir das an, Carl! Das ist wie ein Traum! Die Farben sind atemberaubend!"

"Es ist schön und beängstigend zugleich", antwortete Carl immer noch außer Atem, „wir müssen vorsichtig sein. Wer weiß, was hier lauert?"

Plötzlich hörten sie ein lautes Geräusch und ein Schatten huschte über die Höhlenwände. Ein riesiger Dinosaurier mit schuppiger Haut und glühenden Augen kam in ihr Blickfeld.

"Carl! Was sollen wir tun?"

"Lass uns ruhig bleiben. Wir müssen uns langsam zurückziehen."

Mit klopfenden Herzen zogen sie sich vorsichtig zurück, während der Saurier weiterging und in der Dunkelheit verschwand.

Sie setzten ihren Weg fort, vorbei an unterirdischen Vulkanen und riesigen Höhlensystemen. Die Temperaturen schwankten stark, die Luft wurde stickig und schwer.

"Es wird immer heißer!

Mir wird schlecht", bemerkte Hannah.

"Wir müssen hier raus, Hannah! Es wird zu gefährlich!"

Sie eilten weiter in die Dunkelheit hinein, während der Boden unter ihren Füßen vibrierte.

Nach einiger Zeit in der Dunkelheit begannen Hannah und Carl an ihre

Grenzen zu stoßen. Die Isolation wurde erdrückend und die ständige Angst vor dem Unbekannten nagte an ihren Nerven.

Doch zwischen all den Herausforderungen gab es auch Momente des Staunens. Sie standen vor einem unterirdischen Wasserfall, dessen Wasser in einem geheimnisvollen, phosphoreszierenden Blau leuchtete.

"Schau dir die Schönheit dieser Höhlen an! Es ist, als würde uns die Erde ihre Geheimnisse offenbaren."

"Ja, die Vielfalt und das Leben hier sind überwältigend. Das lässt mich über unsere Rolle im Universum nachdenken", staunte Carl.

Sie setzten sich auf einen großen Stein und ließen die Magie des Ortes auf sich wirken, während das Wasser leise plätscherte und die Zeit für einen Moment still zu stehen schien.

Nach dieser kurzen Pause entdeckte Hannah in der Ferne ein Licht. Sie hatte den Ausgang gefunden.

"Carl, da ist er der Ausgang! Wir haben es geschafft!"

Sie umarmten sich auf dem Weg zum

Licht, bereit, ihre Geschichte mit der Welt zu teilen und die Schönheit und die Geheimnisse der Erde zu bewahren.

Mit einem letzten Blick zurück auf die Wunder, die sie erlebt hatten, traten sie ins Freie und atmeten die frische Luft der Oberfläche ein.

In den nächsten Tagen machten die beiden eine Pause. Hannah wollte eine Tante besuchen und Carl kam die Pause gerade recht. Am Ende der Woche trafen sie sich wieder. Hannah erzählte zuerst von ihrem Besuch bei der Tante, bevor Carl den nächsten Roman aus seiner Tasche zog. Hannah schaute auf den Titel, dann zu Carl. „Den Roman kenne ich nicht und der Autor sagt mir auch nichts!"
„*'Die Säulen der Erde'* von Ken Follett spielt in der kleinen Stadt Kingsbridge im 12. Jahrhundert und es geht um den Bau einer Kathedrale. Es ist Tom Bilder, ein Steinmetz, der den Traum hat, diese Kathedrale zu bauen. Er ist der eigentliche Baumeister. Hinzu kommt Philip von Gwynedd, der Vorsteher des Klosters in Kingsbridge, der für die Finanzierung des Baus sorgt.

Der Roman zeigt, wie das Leben im

Mittelalter war, erzählt von leidenschaftlicher Liebe und tiefem Hass, von der Ungleichheit der sozialen Schichten und der Ausbeutung der Armen."

„Dann lass uns Kingsbridge besuchen, ich bin gespannt auf die Kathedrale." antwortete Hannah.

Als Carl die Daten eingegeben hatte, fuhren kurz darauf einige Bauern mit einem Fuhrwerk an ihnen vorbei. Sie folgten den Bauern, was für sie bedeutete, dass sie im Roman angekommen waren. Bald standen sie am Rand der Baustelle und beobachteten das geschäftige Treiben an der Kathedrale.

„Schau dir das an, Carl! Die Steinmetze arbeiten so präzise. Es ist, als ob sie mit jedem Meißelhieb ein Stück ihrer Seele in den Stein meißeln."

„Ja, es ist faszinierend. Ich kann mir kaum vorstellen, wie viele Stunden sie hier verbringen, um diese Kathedrale zu bauen."

Sie näherten sich der Baustelle, wo ein älterer Steinmetz mit geschickten Händen einen Block bearbeitete.

„Entschuldigen Sie, Meister! Wie lange arbeiten Sie schon an diesem Bauwerk?", sprach ihn Hannah zum Erstaunen von Carl an.

Der Steinmetz sah Hannah an: „Ach, junge Frau! Ich bin vom ersten Tag an hier. Wir haben viel zu tun und der Bau ist eine Herausforderung, aber das Ergebnis wird großartig sein."

„Was sind die größten Schwierigkeiten", fügte Carl hinzu.

„Nun", seufzte der Steinmetz, „der ständige Regen macht es uns schwer, die Steine trocken zu halten. Und wenn das Fundament nicht stabil ist, kann das ganze Gebäude einstürzen. Aber wir finden immer einen Weg."

Während sie weiter beobachten, kam ein Zimmermann vorbei, der mit einem großen Holzstück jonglierte. Die beiden gingen weiter und betrachteten das bunte Treiben in der Stadt.

Es ist erstaunlich, wie das Leben hier pulsierte. Bauern brachten ihre Waren in die Stadt, Händler verkauften sie. „Man spürt die soziale Kluft zwischen den Ständen", sagte Hannah nachdenklich.

„Ja, die Unterschiede sind offensichtlich. Der Adel lebt im Luxus, während die einfachen Leute hart arbeiten müssen, um zu überleben. Manchmal frage ich mich, wie es wäre, in einer anderen Zeit zu leben."

Die Sonne ging unter und tauchte die Baustelle in ein warmes Licht.

„Lass uns zurückgehen, ich lese heute noch den Roman", lächelte Hannah.

Als Hannah und Carl wieder auf ihrer Bank saßen mit dem Blick auf ihr Dorf wirkten sie etwas erschöpft. Die ersten Herbstblätter fielen und Hannah lächelte Carl an: „Weißt du, Carl, ich habe neulich ein Buch gelesen, das mich wirklich berührt hat. „'*Der Buchspazierer*'" von Carsten Henn.

„Oh, wirklich? Ich habe davon gehört. Worum geht es in diesem Roman?"

„Es geht um einen Buchhändler, der Bücher zu seinen Kunden bringt und dieser Buchhändler, Carl Kollhoff, hat eine so besondere Art, mit seinen Kunden umzugehen. Er ist wie ein Freund, der genau weiß, was die Leute brauchen.

„Das klingt ja faszinierend. Was macht ihn so besonders?" fragte Carl nachdenklich.

„Er führt zuerst ein Gespräch mit den

Kunden, um ihre Lesegewohnheiten und Stimmungen kennenzulernen und dann wählt er Bücher aus, die wirklich zu ihnen passen. Es ist, als ob er ihre Gedanken lesen könnte!"

Carl lächelte: „Das klingt nach einer schönen Art, Bücher auszuwählen. Aber wie macht er das genau?"

„Nun, er hört aufmerksam zu und erfasst auch die unausgesprochenen Wünsche und dann geht er mit ihnen spazieren, während er die Bücher bringt. Es ist nicht nur eine Lieferung, sondern eine kleine Abenteuerreise durch die Stadt."

„Ein Buchspaziergang also, das klingt wirklich einzigartig. Was macht er während des Spaziergangs?"

„Er spricht über die Bücher! Er erklärt die Inhalte, die Stimmungen und warum er gerade diese Auswahl getroffen hat. Es ist, als ob er die Geschichten lebendig macht, während sie gehen."

„Das klingt, als könnte man ihn wirklich gut kennenlernen und die Bücher werden mehr als nur Buchseiten – sie werden Teil einer persönlichen Verbindung."

„Ja, genau! Und nach dem Spaziergang bleibt er nicht einfach weg. Er fragt nach,

wie die Bücher gefallen haben und bietet
weitere Empfehlungen an. Es ist wirklich
eine langfristige Beziehung, die er auf -
baut."
Carl überlegte: „Das ist wirklich etwas
Besonderes. Jemand, der nicht nur
Bücher verkauft, sondern sie auch mit
Lei-denschaft vermittelt."
„Weißt du, manchmal habe ich das
Gefühl, dass du dieser Carl Kollhoff aus
diesem Buch sein könntest."
„Ich? Warum das?"
Hannah schmunzelte: „Du hast doch
auch immer ein gutes Gespür für
Geschichten und weißt, was die Leute
mögen. Und du sprichst mit so viel
Leidenschaft über Bücher."
„Das ist ein großes Kompliment,
Hannah. Vielleicht habe ich ja ein wenig
von ihm in mir."
Hannah nickte: „Ich bin mir sicher!
Vielleicht sollten wir mal einen Buch-
spaziergang machen. Ich könnte dir ein
paar meiner Lieblingsbücher zeigen."
„Das klingt nach einem Plan. Aber nur,
wenn du mir auch erzählst, warum du sie
so liebst und lass uns weiterhin ein paar
Geschichten lebendig werden lassen!"

Die beiden standen auf und gingen zurück in ihr Dorf, während die Herbstblätter um sie herum tanzten.

Danke Mel!

emma

dieter köstens